KB251050

당신의 선물

高京熙

아카시아 향기가
하얗게 떨어져
발 밑에 머무는
당신의 마을은
들꽃 가득한 좁은 길

미투리 허리에 걸고

걷고 싶은

당신의 마을은

나즈막한 담장 감싸도는

바람소리

사람의 소리

당신의 마을은

구름이 내려와

동백이 열리는
창가에서

고경희

저의 인생의 스승님 저의 아버님

고우복 씨에게 바칩니다.

동백이 열리는 창가에서

椿が 咲く 窓辺で

초판 인쇄 2026년 5월 23일

초판 발행 2026년 5월 30일

지은이 고경희

펴낸이 홍철부

펴낸곳 문지사

등록 제25100-2002-000038호

주소 서울특별시 은평구 갈현로 312

전화 02)386-8451/2

팩스 02)386-8453

ISBN 978-89-8308-619-8 (03810)

값 15,000원

©2026 moonjisa Inc

Printed in Seoul Korea

*잘못 만들어진 책은 본사나 구입하신 서점에서 교환하여 드립니다.

동백이 열리는 창가에서
椿が 咲く 窓辺で

고경희 시집

문지사

시집을 세상에 내놓으며

고요함에 끝없이 가라앉는 몸

눈자위 적시며 앓고 또 앓고

이제야 커튼 열어 아침을 보니

애처롭게 아름답게 다가오는

마음들

걸어야 하겠습니다

지금 걸어가야 하겠습니다

고마움 전해야 하겠습니다

아침햇살 받으며

시가연 뜨락님 봄비님 감사합니다.

그리고 저의 예쁜 두 딸, 또 착한 반려자에게

고마운 마음을 전합니다.

감사의 말을 전하고 싶습니다

　この度 詩集を 出版するに あたり、ご尽力 いただきました 皆様、そして 日本での 私の 活動を 思いやりの 心で 見守って 下さった 皆様に 深く 感謝 申し上げます。

　詩は 私の 心であり、私 そのものです。

　これからも 詩人として、母として、高京希という 一人の 人間としての 自分を 詩を 通して 表現し、言葉を 紡いで いけたらと 思います。

차례

차례

차례

2

그리운 이여

차례

1

닮은 사람

닮은 사람

4월의 배꽃은

밀려오는 외로움

하늘 푸른 못에 물든 반석盤石 위에

나 닮은 사람이 앉아 있고

그 옆에 또 다른

나 닮은 사람

이야기를 나눈다.

가슴이 간지러운 이야기에

블라우스의 윗단추를 풀며

몸 가누며 올라 보니 정다운 사람

시간 저쪽의 웃음 가락은

저무는 햇빛에 스미고

가슴에 얹힌 손이

가볍게 저려오며

이 눈물은

먼저 길 떠난 사람들을 위한 눈물

마른 입술에 얹힌 미소는

이 시간의 나를 위한 미소

사는 것은 가슴으로

나 닮은 사람의 서늘한 눈매

배꽃 잎 하나 날리고

배꽃 밑에 서본다.

아침 해변

첫 새벽
창밖의 바다엔 산호섬 하나
바람은 해변海邊의 주인
모래알로 스케치하며
달리며 춤추며
비릿한 바다 냄새를 던진다.

구름 한 점 보다가도
샛길을 걷다가도
널려 있는 빨래를 보다가도
물들어 오는 삶의 애착愛着
무릎이 꺾이는 아픔은
환희歡喜의 언어言語로 바뀌고
긴 시간 달려간 해변
유혹하는 바람이 된다.

내일을 볼 수 있는 얼굴이 되어

손안에 들어오는

산호섬 하나

초록빛이다 못해

파아란 생명을

가슴에 품는다.

울타리

지면地面을 가르는 겨울의 칼끝에

상처 입은 발을 끌며

하루를 걸어

또 하루를 걸어간다.

야윈 어깨 옷이 무겁고

나이 들어 헛딛는 발 앞에 출입금지出入禁止

가시울타리

체념하며 서성이다 손끝이 긁히고

방울 돋는 액체는

상처에 좋다고 한다.

너에게

자, 너에게도 자비를 베푼다.

상처를 안고 방으로 들어가자

차가운 방바닥에 몸이 굳어지고

탄식歎息의 끈으로

방울鈴을 달아

색바랜 부적符籍 위에 지도地圖를

그린다.

제멋에 겨운 방울

춤추며 깨어지고

웅크린 어깨너머 넘어오는 태양 빛

빛살 사이 떨어지는 새鳥들의 심장

날리는 깃털은 숨길이 되고

무릎에 안기는 뜨거운 심장은

예언이 되어

아문 상처 위에

어제를 거두고 오늘을 두며

벗어 놓은 신발에 체온體溫을 남긴다.

만남

高淸心

바다 건너 나라에는
사국四國이 있어
옛날에는 사국死國이어서
신神의 계곡에 혼魂들이 모여
기억해 주는 사람을 기다린다고
그리워지는 사람
비췻빛 비석碑石을 늪에 세워
물어본다.
너는 지금 돌아오고 있는가.

매일 검은 숲을 바라보며
조금씩 생겨나는 이야기를 들으며
전차電車를 탄다.
햇빛이 쏟아지는 창문을 등에 하고
눈부신 기억 속에 몸이 흔들린다.

젊은 연인들의 가벼운 대화는
귀밑에 부서지고
좁혀져 오는 도시에 숨이 막혀도
온화한 사람들에 싫증이 나도
바다를 마주 보는
북쪽 끝 절벽에 서서
바람을 맞이한다.
목을 휘감는 진홍의 바람
가벼운 입맞춤에
이마는 부끄럽고
네 가슴의 향내
손가락 끝에서 춤을 추고
신神의 계곡에서
너는 지금 돌아오고 있는가.

벚꽃 성城

빛바랜 푯말 하나
여기는 '벚꽃 성'
허물어진 돌을 주워
하나하나 고이 쌓아
지붕 하나 올려놓고
여기는 '벚꽃 성'
날리는 벚꽃잎은
소리 없고 무게도 없어
희끗희끗한 머리 위에
화관花冠 되어 머물며
키 작은 신부
어깨를 감싸면
축복의 언어言語
웃음의 얼굴
소생蘇生하는 시간은

요만큼의 하늘을 만들고
몇 발짝의 땅을 만들고
언제나 모자라
헤아리고 헤아리던
꽃 이파리도
흙 위에 몸을 뉘어
하늘빛에 물든다.

소유所有

병病이다.

39도度의 열을 내며

며칠을 앓아야 하는 병이다.

머리카락 흩트리며

모로 누워

관절의 아픔을 실감하며

뒤척이는 밤이면

암흑暗黑을 몸으로

네 개의 다리를 가진

번쩍이는 눈들이 부딪쳐 오고

미끈거리며 달아난다.

가지고 싶어도 가져지지 않고

버리고 싶어도 버려지지 않는

소유所有라는 이름의 병은

소리도 없이

타인他人의 담을 넘나들며 놀이한다.

광대 짓

바보짓

배를 잡고 웃으며

놀이한다.

병이다.

같잖지도 않은 병이다.

39도의 열을 내며

며칠을 앓아야 하는 병이다.

삶의 단면

밤중에만 찾아드는
위경련의 아픔은
사람임을 실감하며
사는 삶이다.

약국에 들러
약을 사는 시간은
아픔을 실감하며
사는 삶이다.

갠 날 하늘 보며
구름 새기는 날은
혼자임을 실감하며
사는 삶이다.

잠들기가 아까워
뒤척이다 서성이는 밤은
사람의 절실함을 실감하며
사는 삶이다.

장마

올해는 백일홍도 피지 않고

깊게 내리는 숨결은

어둠 속에서

길게만 늘어지고

아침이 열려도

침묵을 지킨다.

창문 너머

엿보는 까마귀는

초조함에

작은 소리를 모으며

탐욕스러운 입들은

육식肉食을 원하고

웅크린 몸들에 땀이 번진다.

습기 찬 하늘에
야위어가는 가슴에
손목의 시계도 헐렁이고
물먹은 운동화도 무거운데
'어제, 그 장소에, 그 시각에'
초대장을
우체통에 넣는다.

개울가 소묘素描

8월

동천리

저수지 끼고 도는 개울가

댑싸리 무성하며

파란 물새 스치고

검은 날개잠자리

꼬리에는 보랏빛

서 있는 나를

유혹한다.

잣나무 휘감아 돌아오는 바람에

묻어오는 저녁 내음

낚시 드리우던

인적도 사라지고

노래 언덕 내려앉는

풀벌레 소리는

서 있는 내 얼굴에

나이를 새긴다.

시골 풍경

내일은 칠월칠석七月七夕이라 하는데,

푸릇한 느티나무
그림자도 곧게
낮은 전깃줄에
걸쳐지고

길가 옥수수
하얀 수염
따가운 햇살 아래
절로 익어가고

풋고추 따던 손길
투박스럽고
늙은 호박 아까와 매달린 채

소한테나 주어 버리지.
암소의 눈망울은
선善한 심성 담고
깊은 어둠 속
푸근함

고요한 농가에는
사람 그림자 없고
이따금 집 지키는 개만
한두 번 짓는다.

내일이 칠월칠석이라 하던데.

행려병자 行旅病者

행려병자는 생각한다.
내가 묻힐 곳은 어디인가
자손 다복한 죽음의 길에도
묻힐 곳 없어
서너 시간 버스 타고
고속도로 헤매다
상주도 지쳐
잠이 들어버리고
이승을 떠나려 하는데
길은 고달프단다.

행려병자는 생각한다.
내가 죽으면
누가 울어 줄까
나이 많은 호상好喪두
서럽다 우는데
내 젊은 나이
아무도 없으니
내가 저승길 가며
울어, 울어 보리라.

손님

언제나 한 걸음 늦게
현관 앞에 선다.
푸른
저녁나절의 비雨는
숲의 내음 목덜미에 적시며
진흙 발로
현관 앞에 선다.
숲을 지나 연인戀人 찾으러 간
숲을 지나 부富 찾으러 간
사람들의 이야기
밤새
마루에 걸터앉아
이야기를 한다.

나의 무릎에 손을 얹고
언제나 한 걸음 빠르게
현관을 나선다.
연분홍
첫새벽 비는
바람조차 일지 않는
가벼운 맨발로
현관을 나선다.
끝나지도 않을
이야기를 남겨 두고
나의 입술에 남겨 두고.

무정無情

저리도 슬픈 사랑

거기 두고

문지방 넘어 구석

똬리를 튼다.

말라만 가는 껍질 속에

가는 숨결 추스르며

거식증拒食症

과식증過食症

반복하며

지푸라기 부여잡고

똬리를 튼다.

당신의 이름

나의 이름

귀에 익숙하고

기억하는 생활은

운모雲母처럼 벗겨지고

따뜻한 피조차 토하지 못하던

해年가 저물던

병실의 밖에는

하늘이, 하늘이

파랗기만 하더라.

아마릴리스│수선화

지난가을
작은 구근球根에서 곁을 친 아마릴리스
한겨울 창 옆에서 어린 빛 틔우더니
이른 봄
붓끝의 대롱이 보인다.

그믐이 지난 보름달 뜬 한낮
선홍빛 함성이 셋 펼쳐져
텅 빈 줄기 휘청이며
화사함의 무게를 견디어 낸다.

맑음 속에 비추어지는 비어 있는 공간은
누구라 할 수 없는
어떤 이에게
손댈 수 없는 자만함으로
피워낸다.
선홍빛 함성을.

한여름의 밭

허리 굽은 작디작은 할머니가
오이를 따고 있소

허리 굽은 흰머리의 할아버지가
가지를 따고 있소

주름투성이의 얼굴에는
생각이 없고
거칠고 몽탕한 손은
소중히 소중히
때 묻은 앞치마에
오이를 담고 있소
가지를 담고 있소

거센 햇빛은 내리는데
그 흔한 밀짚모자도 없이
헐고 헌 수건으로
가린 둥 마는 둥
둘이서
밭에서
오이를 따고 있소
가지를 따고 있소.

동백冬柏

영하零下 2도의 이른 아침
금속제金屬製 손잡이를 틀고
문밖에 나선다.
차車 위의 눈雪을 털며
생각한다 heart 형形의 귀걸이가
귀에 차갑다.

나지막한 담장 사이로
어설피 커버린 동백
눈雪을 올린 채
허약虛弱한 허리로
힘겨워한다.

하얗게 얼어버린 하늘
다시
한 겹 한 겹 쌓이는 눈
깊은 초록 속에
빨간 꽃을 피운
동백을 보고 있다.
맨발이 시리다.

연륜

문득

눈물 나도록 애틋한 바람 소리

고운 색깔 고운 내음

스며든 얼굴

합장合掌의 자세로

하루를 보내고

그다음 하루

지쳐가는 몸에

온통 정情을 휘감아

그예 떨어지는

오한(惡寒)의 하얀 빛

문득

떨어지는 빗방울 소리

가만히 다가오는

잿빛 얼굴

보리심菩提心의 자세로

한 해를 보내고

그다음 한 해

미흡한 마음에

여린 손길로 휘감아

그예

가슴에 닿는

핏빛보다 진한 정情

겨울 한낮의 햇살

머리 아래로 수면에 들 듯
햇살 내리는 큰 창에 홀로 앉아
솔직한 화려함에
몸이 흔들린다.
하굣길 아이들 소란스러움에
준비된 자세로 몸을 돌리면
뒤로 빼는 가만한 몸짓
무릎에 와닿는 빛발.

어느새 앞마당엔
소리 가득하고
반짝이는 머리카락에
먼지가 뛰어논다.

동그란 자갈은
땅 위를 차고 나르며
장난감 구실에
만족스럽다.

몸은
하늘로 솟구치려 하나
강종대는 발은 따르지 못하고
마냥 좋기만 하다.

스러져가는 햇살에
여기저기 아이들 이름이 불리고
뒤돌아보는
아쉬움을 담는 눈

겨울 한낮의 햇살은
하루를 지킨 나른함에
거두어 간다.
짧은 청명함을

두견杜鵑

4월 산마다

기슭에 분홍粉紅빛

여린 꽃잎은

찢겨지는 아픔의 빛

어둠 속에 제빛을 낼 수 없어

밤중부터 이른 새벽

두견 울음 빌렸는가

아픈 목 부여잡고

골짜기

하얀 포말에

스님과 자리하여

고운 머리 풀어 감고

석탑으로 날아든다.

거무레한 절간 마당

조용한 나래짓에

머금은 미소로

법고法鼓 울리며

모든 중생에 자비를.

못다 오른 하늘로

날개 끝에 묻어오는

향기 없는 꽃잎들은

손가락 하나에 눈물이 묻어나고

흔적조차 없음에

운판雲版 소리 내어

날으는 짐생에 자비를

다시금
산기슭 감도는 두건 울음은
소리로
빛깔로
아침을 맞는다.

* 운판雲板 : 절에서 식사하는 시간을 알리기 위하여 치는 구름 모양의 금속판

비

비 오는 날
버스는 질주라는 밧줄에서 해방된다.
플라타너스잎은 초겨울의 바람에 바래고
가지의 숨결은 땅속으로 기어든다.

차창 안의 사람들은 춥다.
닫힌 차창에 부딪히며 지나가는 잎
앞으로 가는 것과
뒤에 남는 것

인도 위의 팬 곳은 강이 되고
조그만 잎 벌레 먹은 잎
온몸에서 눈물이 흐른다.

버려져 있는 청소차
청소부의 우비는 제구실을 못 한다.
주점의 청소부는
한 잔의 술에 몸을 녹이며
비를 찬양하리라

비 오는 날
비는 군주의 권위를 누린다.

교차점

언덕 등성이 나무를 덮는 은빛은

구름에 밀려나는 마지막 하늘빛

그림처럼 그대로 고정시키기에는 힘이

모자란다.

저 빛이 사라지면

나무들은 제 그림자를 잃고

물안개 덮인 호수도 녹빛을 잃으리라.

한 마리의 금붕어만이 아름다운 꼬리를 흔들고

여린 파문은

뇌리에 파고들어

신경의 한 줄 한 줄을 퉁기며

작은 시詩를 읊는다.

허나
구름의 조형에
호수의 물결에
의미를 부여시키기에는 너무 자라버린
키
저 하늘은 무엇을 바라며, 또
달과 별은 표정 없는 얼굴에
기쁨과 슬픔은 이렇게 교차하나보다.

발치拔齒

일여 년 미루어 오던
치아의 아픔을
목숨 다시 한번
태어나는 양
뽑아버리자
한순간
몸의 한 부분
떨어져 나간
예리한 차가움에
아뿔사
그리하는 게 아니었는데
뚝
떼어주는 게 아니었는데

짝 없는 사랑니 싸 안으며 울고 싶은데
누군가 좇아오네.
너로구나.
내 한쪽 가진 너로구나.
이 저려오는 아픔을
널 주마
휘청이며 돌아가 누워보니
빈 껍질뿐이구나.

2
그리운 이여

그리운 이여!

오늘 밤에는

갓 다린 옷 입고

가자꾸나.

숲으로

반짝이는 풀섶에

들길 좇아 달려가니

스치는 소리

넉 필 등걸 나무

가진 두 팔 모자라

한숨 소리

나무 주위를 맴돌아

비척이는 걸음으로 가니

어느새

그리 고운 자세로

그리 처연한 뒷모습으로 앉아 있구나.

달빛으로 옷을 입고
긴 머리칼 슬적이며
웃는구나 돌아보며
너의 앉음새에
너의 숲에 감도는구나.
하늘의 메아리

언니가 가신 길에

7월이 가는 어느 날
포도주를 담겠다고 하다가
자리 누운 당신의
소식 들었네.

황급한 발걸음으로
병실에 찾아가니
부은 듯 빠진 듯한
얼굴이 있었네.

밝은 소리 웃음소리
뒤로 남기며
또 오겠노라고 하며
병실을 나섰네.

마중하는 그의 동생
고개 흔들며
부서지는 마음에
울음을 삼켰네.

당신은 떠나기 전
아이들을 불렀으나
보기 싫다 손 저으며
빨리 가라 하였네.

그러나 곁을 지키는 이에게
어떻게 가느냐고
검은 입술로
울었다네

여름이 가는 날
당신도 따라가셨다네.
인내라는 바다로 생활을 짜시더니
채 한 필도 내지 못한 채

꿈에서도 홀로 가기 싫어
날 보고 함께 가자 보채더니
아득하고 외로워서
어찌 가셨을까.

여름이 가던 날
당신도 가셨다네
슬픔의 비도 내리지 않는
뜨겁게 달군 삶의 날에.

겨울 밤비

해진 겨울밤
비가 내린다.
연줄 사금파리에 찢어진 하늘에서
비가 내린다.
난무하던 연 꼬리에
아픔을 견디다
핏빛보다 진한
눈물을 흘린다.

가을의 어귀에서
그렇게도 곱더니만
암울한 얼굴에
흙빛을 담고

마냥
뚝뚝 떨어질 듯한
하늘 조각조각
치마폭에 받으려 하나니

점지해 내린
비바람 속 눈망울
겨울나무
겨울빛을 입고

한숨 자고 자라버린 키는
하늘에 스치고
옛날 푸르름이 그리워서
그리워서

또 어느 겨울밤
비가 내린다.
한 귀퉁이 잃어버린 하늘에서
비가 내린다.

장맛비 내리는데
이천利川 가는 길
넋고개 지나니
느려지는 걸음들에
수숫대는 사뭇 큰 키로
긴 내川를 이루고
바람의 흔들림이
반겨 맞아주네.

야시비(여우비) 내리는데
돌아가는 서울 길
하마 저녁 짓는 연기는
산을 감싸 오르고
푸른 들판
뚝
끊어져 내린 곳
강물이 시작되고
낚싯배에 걸쳐진
나지막한 회색 구름
귀로의 마음을 실어버리네.

너의 발자국은

문득

잠 깬 한밤

창문을 밀고 들어오는

너는

스쳐 지나가는 연인인 양

건듯거리다

발을 옮긴다.

애써 가라 하지 않아도

애써 오라 하지 않아도

올 이는 오고

갈 이는 가고

허허로운 가슴은 채워주고

넘치는 것은 흘려버리고

너와의 사이는
여전한 길이의 거리만 보이는데
어느새 가는구나
외발자국 하나 남기며
너는 행여
제비꽃 길목 돌아
다시 오려는가
너는.

가을

찻잔 마주하다

어깨가 아려와

창문 열면 넘어오는

상큼한 풀 내음

군청 빛 어두운 하늘

겨우 얼굴을 비추는데

곁 따라 귀뚜라미

목청 돋우다가 자지러지면

잔가지 휘말다

설렁이며 돌아가는 배암이런가

서리 앉은 무릎 위에

갈이파리 놓고 놓아두고 가을이 간다.

새벽

이름도 없는 새는
목청이 떨린다.
서툰 날갯짓
어설픈 울음
꿈으로 여며진
밤을 깨운다.
낮게 드리운 안개
층층이 유영遊泳하며
첫 이슬 젖은 잎새
고웁게 접어 쓰고
늘이운 가지 사이
여린 빗살에 씻긴 가슴으로
안개 밖에 나아가면
안타깝게 열리는 새벽…

날으는 새는

날으는 새는
울음 울고 싶지 않다.
갓 토한
한 점 핏덩이
하늘에 버리며
울음 울고 싶지 않다.

날으는 새는
이름 불리워지고 싶다.
북풍이 매섭고
노을이 외로워
혼자가 무서울 때마다

날으는 새는
무게를 갖고 싶다.
가벼움이 두렵고
머물지 못함이 아쉬운
날으는 새는
더 큰 날개를 갖고 싶다.

절寺로 가는 샛길

해 저무는 늦은 봄
샛길을 걸으면
키 작은 나무 덤불에
숨어든 참새
그림자 짧게 접어
바람 되어 나른다.
길가 분꽃은
남은 빛을 발하고
여린 향기는 발길에 흔들린다.
머리카락 쓸어 올린
허공에 뜬 손에
순례巡禮의 길을 떠난
소맷자락 스친다.

방울 소리

독경讀經 소리

희미해져 가고

잰걸음으로

소맷자락 부여잡고

순례의 길

동반자 되어

샛길 걸어 떠난다.

사람의 바다

모래사장에서

쓰레기가 타고 있다.

산山그늘로

웅성이며 말을 걸며

불꽃이 날은다.

걸친 옷 없는 맨발의 사람은

까실한 손 마주 잡고

죄송한 듯 자리한다.

터진 입술에

피가 번지고

바다 향한 고개 멈춘 그대로…

지금도 출렁이는 건

가슴 한구석의 심장

해초海草를 먹으며

거품에 호흡呼吸하고
팔도 다리도 없이
바위에 지탱하며
몸 비비며
겨우 올라선 땅에서
잊어버린
바다의 소리 바다의 모습
불꽃의 빛에 타버린 눈目
불꽃의 소리에 멀어 버린 귀
더해 오는 목마름에
찾을 수 없는
바다에의 목마름에
손이라도 쥐어볼까.
심장을 찾는다.

비 갠 화실

긴 선홍鮮紅의 동백 담을 돌아

나무 대문 밀고

어깨를 추스른다.

입술을 적시는

비에 녹은 동백 향기

그대로 연지 되어

붉게 물든다.

난로가 타고 있는

유리 저쪽 화실畵室에는

찻잔을 준비하는

낯익은 손길

설렁이는 눈目으로

인사를 대신하며

의자를 끈다.

이젤Easel 위의

비에 젖은 캔버스Canvas

묻어나는 푸르름

내일은 우수雨水

무릎을 감싸며

귀 익은 목소리에

얼굴을 물들인다.

어떤 날의 달

혼자의 귀가歸家 길
아파트 들어서며
얼핏 든 눈에
낯설은 가로등이 곱기도 하다.
온몸 하나 가득
품어본다.
따뜻하다.
주홍朱紅의 달이다.

손끝부터 익숙해져 오는
미세한 떨림은
삶에의 미숙한 나래짓
발끝을 감싸며 불어오는 바람
차가운 가슴의 작은 움직임

그날은
아직도 머언 날
뒤돌아
아파트 계단에 올라서며
다시
혼자다.

해 길어진
빛바랜 들판을 지나
허물어진 돌계단 딛고
사당 앞에 선다.
소원을 적은 종이
곱게 접어
빈사瀕死의 나뭇가지에 묶어 본다.
바람은 불어
흰 깃발은 날리고
떠도는 그림자에
날아온 소리개
혼자 사는 족제비가
무서움에 달린다.

목숨이 남은 날짜
헤아릴 여유 없고
내일
모레
소원 적은 종이
잿빛으로 물든다.

비 오는 날의 편지

편지 한 장

책상 위에 놓아두고

한가하게 문을 나선다.

벌써 사흘째 비는 내리는데

손안에 움켜잡은

엊저녁 꿈을 지워버리고

작은 몸 추스르며

하늘 가까운 강가로 간다.

그러면

너는

일곱 빛 기억을 건져 올리고

수면에 흔들리는

조각난 얼굴

유리가 되어 가라앉는다.

지금

내 집의 지붕은 새어

빗물에 자라버린 편지의 글자는

형광등 아래에서

빛바래 가고

나는

강변에 앉아

보내지 않은 편지의

답장을 기다린다.

일월一月

일월一月의 밀감밭을 지나고
일월一月의 유채꽃밭을 지나고
일월一月의 다리橋를 건너
나이가 들어간다.

나이 들어
바라보는 하늘은
눈 시리어 바라볼 수 없는 푸르름

나이 들어
새벽달 바라보면
가까운 사람의 손을 잡고 싶고

나이 들어

눈雪 내리는 바다를 바라보면

하얗게 물드는 머리카락이 가엾다.

일월一月의 바람 소리

일월一月의 상큼한 정년正年

일월一月의 보랏빛 저녁을 거닐며

나이가 들어간다.

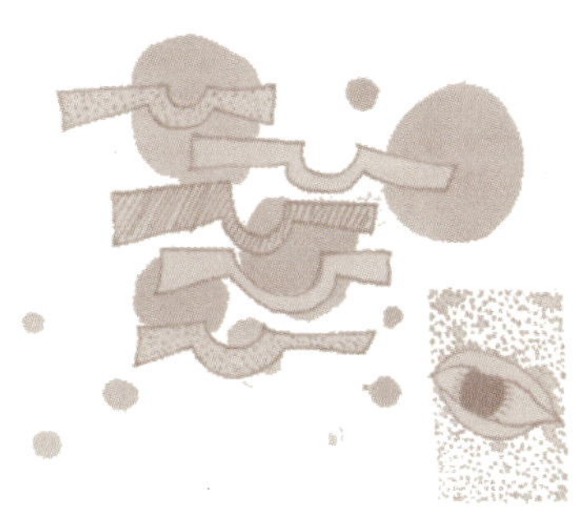

당신의 선물

아카시아 향기가
하얗게 떨어져
발밑에 머무는
당신의 마을은

들꽃 가득한 좁은 길
미투리 허리에 걸고
걷고 싶은
당신의 마을은

나지막한 담장 감싸고도는
바람 소리
사람의 소리
당신의 마을은

구름이 내려와
아늑한 날은
얕은 구름바다 보이는
낭신의 바을은

마루에 나와 앉은
노인의 옆얼굴
나를 불러 쉬게 하는
당신의 마을은

바로 거기인데
어제의 기억
삶에의 기도
고맙게 받은
당신의 선물.

Night Music 밤의 음악

모자 쓰고 몸을 가누며 나간 거리

유리창 가득한 와인

오키나와 석양빛 유리컵에

혼자 하는 와인

Night Music

40와트 전구 밝혀

만년필 앞에 두고

초침秒針 따라 색깔을 본다.

1년 수첩은 위대하고

주소록 이름은 희미하고

한가함에 야윈 몸은

게으름을 외우고

잠자는 라벤더

* Night Music : 독일 와인 스파클링. 달고 깔끔한 맛. 병은 진한 곤색.

눈 뜨는 장미
순서를 모르는
삶의 시간이 녹아드는
Night Music

어두움 재촉하는 클랙슨klaxon
반토막 난 해를 향한 흰 눈자위
분노하며 흥분하며 달려가야 하는
먼지 이는 발자국
그런 날은 그런 나는
40와트 작은 방에
안도하며 기다리며
혼자 하는
Night Music.

삼월三月 · 사월四月

지는 꽃도 꽃으로 있고 싶고

한 걸음이어도 사람으로 있고 싶고

여기

내가 앉은 자리는

그 사람 머물다 간 자리

다다미의 따뜻함에

팔베개 누워본다.

하도 짙은 인연은

눈가 뜨겁고

아픈 삼월三月

하늘 나르는 벚꽃

기어이 눈물이 되고

가슴 시린 사월四月

축제의 깃발 걸쳐진

웃음소리 요란한 징검다리

하얀 발목 놓아 주자

이제 보니

많이 여위였구나

놓아 주마

가라

가자

신발은 흘려보내고

따뜻한 얼굴이 되자

사월四月의 축제

푸르른 옷을 입고

새 신을 신고

문 열고 나가 보자.

금목서金木犀

밤하늘

점멸하며 멀어지는 빛은

여행을 손짓하고

곤색 아스팔트에

굴러든 잡초는

졸리운 눈 크게 뜨고 하품을 한다.

어제의 시간이 생각나고

낮은 지붕 위에 그리움이 앉아 있고

금목서金木犀의 향기는

하나의 마을을 밤하늘에 띄우고

우리는

이대로 가도 되는 모양이다.

* 금목서金木犀 : 금계(金桂). 물푸레나뭇과에 속한 상록 소교목. 높이는 약 4미터이고 단단하고 긴 타원형의 잎이 마주난다. 10월경에 등황색의 꽃이 뭉쳐서 피며 향기가 좋다. 중국이 원산지이고 정원수로 많이 심는다. 학명은 Osmanthus fragrans var. aurantiacus이다.

새하얀 달月에 돋는

물방울은 신神들의 손길

산山의 신神

강의 신神

금목서 돌며

이름 없는 호수 일으키고

백 년 보아도

알 수 없는 사람의 눈

동반을 원해도 그림자 사라지고

금목서 향기

취하며 발끝부터

사그라지는 혼자임을 보며

휘감아 도는 떨림의 체취는

나를 주마 너에게

너의 향기가 되리라.

그리움의 심연에서 평정으로 나아가는 존재론적 여정의 시

문학평론가 청람 김왕식

고경희의 시는 빠르게 앞질러 가는 시가 아니다. 그의 시는 한 걸음 물러서서 오래 바라보고, 오래 견디고, 오래 묵힌 뒤에야 비로소 입을 여는 시다.

하여, 그의 시를 읽는 일은 단순히 한 편 한 편의 작품을 감상하는 일이 아니라, 한 인간이 통과해 온 시간의 결을 더듬는 일과 가깝다.

『동백이 열리는 창가에서』는, 바로 그러한 시간의 두께가 언어 속에 가라앉아 있는 시집이다. 여기에는 젊은 날의 격정이 아니라 오래 살아낸 사람이 끝내 놓지 못한 기억, 상실, 그리움, 그리고 그것들과 함께 살아가는 법이 담겨 있다.

이 시집의 문장은 서둘러 독자를 설득하지 않는다. 대신 조용히 곁에 앉아 오래 침묵하다가, 어느 순간 마음 가장 깊은 곳을 건드린다. 그 조용한 울림이야말로 고경희 시의 첫 번째 힘이다.

이 시집의 1부와 2부는 단순히 배열상의 구분이 아니다. 그것은 시적 주체가 바깥 풍경에서 자기 내면을 비추어 보고, 다시 내면의 흔들림을 통해 존재의 평형을 찾아가는 한 편의 깊은 정신사다.

고경희의 시에서 특히 주목해야 할 점은 감정을 다루는 방식이다. 그는 슬픔을 과장하지 않으며, 상실을 비극적으로 치장하지 않는다. 외려 담담하고 절제된 어조로 그 감정의 실체를 더 깊게 드러낸다. 울음을 크게 터뜨리지 않기에 더 오래 아프고, 그리움을 직접 외치지 않기에 더 멀리 번져 간다.

이 절제는 냉랭함이 아니라 오래 견딘 사람만이 가질 수 있는 정서의 품위다. 그의 시에서 슬픔은 소란이 아니라 침잠이며, 그리움은 격정이 아니라 오래 마르지 않는 내면의 습기다. 바로 그 지점에서 고경희의 시는 감상적 서정을 넘어서 존재론적 서정으로 나아간다.

또한 이 시집에서 자연은 단순히 시적 배경을 이루는 장식물이 아니다. 배꽃, 강가, 숲, 들길, 가을빛, 새벽안개, 비와 편지 같은 사물과 풍경은 모두 시적 화자의 감정을 비추는 거울이자, 상처를 흡수하는 생명의 장으로 작용한다.

자연은 시적 주체의 바깥에 있는 풍경이 아니라, 내면과 맞닿아 있는 또 하나의 언어다.

이 시집의 서정은 늦게 도착하지만, 한번 도착한 뒤에는 오래 떠나지 않는다. 그것은 삶의 표면이 아니라 심연을 건드리는 서정이며, 눈물의 반짝임 끝에서 마침내 평정의 빛을 길어 올리는, 드문 깊이의 문학적 노정이다.

1부

외부 풍경에서 내면 풍경으로 건너가는 길

고경희 시집의 1부는 겉으로 보면 풍경의 장이다. 배꽃, 겨울 들판, 시골 농가, 벚꽃, 낮은 전깃줄, 늙은 호박, 개 짖는 소리 같은 사소하고도 익숙한 사물들이 시의 전면에 놓여 있다. 그러나 이 풍경들은 결코 바깥의 세계에만 머물지 않는다. 고경희의 시에서 풍경은 언제나 내면으로 들어오는 통로이며, 마음이 자기 얼굴을 비추어 보는 거울이다.

1. '닮은 사람'과 자아의 이중주

1부의 첫머리를 여는 「닮은 사람」은 이 시집 전체의 정서적 문을 여는 작품이다. 이 시에는 고경희 시가 지닌 서정의 근본 성질이 응축되어 있다. 배꽃이 핀 사월, 푸른 못, 반석 위에 앉아 있는 '나 닮은 사람'은 단순한 타인이 아니다. 그것은 시간 건너편에서 되돌아온 또 하나의 자아다. 시적 화자는 외부에 있는 누군가를 보는 것이 아니라, 이미 지나간 시간 속의 자기, 혹은 상실과 기억을 통과한 또 하나의 자기 모습을 마주하고 있다.

4월의 배꽃은 / 밀려오는 외로움 / 하늘 푸른 못에 물든 반석 위에 / 나 닮은 사람이 앉아 있고 / 그 옆에 또 다른 / 나 닮은 사람 / 이야기를 나눈다. / 가슴이 간지러운 이야기에 / 블라우스의 윗단추를 풀며 / 몸 가누며 올라 보니 정다운 사람 / 시간 저쪽의 웃음 가락은 / 저무는 햇빛에 스미고 / 가슴에 얹힌 손이 / 가볍게 저려오며 //

이 눈물은 / 먼저 길 떠난 사람들을 위한 눈물 / 마른 입술에 앉힌 미소는 / 이 시간의 나를 위한 미소 / 사는 것은 가슴으로 / 나 닮은 사람의 서늘한 눈매 / 배꽃 잎 하나 날리고 / 배꽃 밑에 서본다. | 닮은 사람 - 시 전문

이 시의 첫인상은 부드럽고 고요하다. 사월의 배꽃은 흔히 봄의 화사함을 상징하지만, 고경희는 그 배꽃을 '밀려오는 외로움'과 결부시킨다. 여기서부터 이 시의 결은 일반적인 봄의 서정과 다르다. 봄은 환희의 계절이 아니라, 도리어 오래 눌러 두었던 감정이 다시 밀려오는 계절이 된다. 배꽃은 만개한 생명의 표정이면서 동시에 마음의 가장 여린 부분을 건드리는 촉발점이다.

즉 풍경은 그 자체로 닫혀 있지 않고, 이미 정서적 파문을 일으키는 매개가 된다.

이 시에서 눈물과 미소가 동시에 등장하는 것도 눈여겨볼 대목이다. '먼저 길 떠난 사람들을 위한 눈물'과 '이 시간의 나를 위한 미소'는 상실과 수용이 한 자리에서 만나는 정서적 전환점이다. 울기만 하는 시가 아니고, 무작정 견디기만 하는 시도 아니다.

고경희의 시는 슬픔 속에서 끝내 자신을 다독이는 자리까지 나아간다. 이것이 그의 시가 단순한 상실의 기록이 아니라 평정으로 가는 문턱이 되는 이유다. 눈물은 과거를 향하고 미소는 현재를 향한다.

이 둘이 동시에 존재한다는 것은 시적 화자가 아직 완전히 자유롭지 못하지만, 그렇다고 완전히 무너져 있지도 않다는 뜻이다. 바로 이 중간

지점, 즉 상실을 품은 채 현재를 살아가려는 태도가 고경희 시의 깊이를 만든다.

2. 상처의 통로로서의 울타리

「울타리」는 고경희 시학에서 상처가 어떤 방식으로 의미화되는지를 보여 주는 대표작이다. 보통 울타리는 보호의 상징이거나 배제의 상징이다. 그러나 이 시에서 울타리는 그 둘을 넘어서 존재가 통과해야 하는 내면의 경계로 변모한다.

지면을 가르는 겨울의 칼끝에 / 상처 입은 발을 끌며 / 하루를 걸어 / 또 하루를 걸어간다. / 야윈 어깨 옷이 무겁고 / 나이 들어 헛딛는 발 앞에 출입금지 / 가시울타리 / 체념하며 서성이다 손끝이 굵히고 / 방울 돋는 액체는 / 상처에 좋다고 한다. / 너에게 / 자, 너에게도 자비를 베푼다. / 상처를 안고 방으로 들어가자 / 차가운 방바닥에 몸이 굳어지고 / 탄식의 끈으로 / 방울을 달아 / 색바랜 부적 위에 지도를 그린다. / 제멋에 겨운 방울 / 춤추며 깨어지고 / 웅크린 어깨너머 넘어오는 태양 빛 / 빛살 사이 떨어지는 새들의 심장 / 날리는 깃털은 숨길이 되고 / 무릎에 안기는 뜨거운 심장은 / 예언이 되어 / 아문 상처 위에 / 어제를 거두고 오늘을 두며 / 벗어놓은 신발에 체온을 남긴다. | 울타리 - 시 전문

시의 첫머리부터 "지면을 가르는 겨울의 칼끝"이라는 표현은 날카롭고 혹독한 세계를 환기한다. 겨울은 단순한 계절이 아니라, 삶이 인간에게 들이미는 차갑고 아픈 시간의 은유다. 그런 시간 속에서 시적 화자는 '상처 입은 발을 끌며 / 하루를 걸어 / 또 하루를 걸어간다.' 여기에는

고통의 일회성이 아니라 반복성이 드러난다. 삶은 한 번의 상처로 끝나지 않는다. 하루를 견디면 또 하루가 오고, 또 그 하루를 건너야 한다.

'출입금지 / 가시울타리'는 바깥세상의 금지가 아니라, 자기 안에 생긴 금지선이다. 늙어 가며 헛디디는 발, 상처 입은 손끝, 무거운 어깨는 삶의 쇠락을 암시하지만, 시는 거기서 멈추지 않는다. 중요한 것은 이 울타리가 단순히 가로막는 장벽이 아니라, 존재가 자기 한계와 마주하는 자리라는 점이다. 인간은 살아가며 수많은 금지선 앞에 선다.

젊은 날처럼 쉽게 넘을 수 없는 시간의 경계, 몸의 한계, 마음의 상처, 더는 되돌릴 수 없는 과거의 자리. 고경희는 이 모든 것을 '울타리'라는 구체적 상징에 압축해 넣는다.

후반부에 태양 빛과 새들의 심장, 깃털과 숨길, 예언과 체온의 이미지가 이어지는 것은 매우 상징적이다. 이는 죽음의 이미지를 지나 생명의 이미지로 이동하는 과정이다.

상처를 통과한 몸은 이전과 같지 않다. 그러나 바로 그렇기 때문에 어제를 거두고 오늘을 둘 수 있다. '벗어 놓은 신발에 체온을 남긴다'는 마지막 구절은 특히 아름답다. 신발은 지나온 길의 표지이며, 체온은 아직 꺼지지 않은 생명의 증거다.

즉 이 시는 상처를 미화하지 않지만, 상처를 통과한 존재의 엄숙함을 분명히 증언한다. 고경희의 시는 고통을 서사의 재료로 소비하지 않는다. 대신 그것이 사람을 어떻게 깊게 만드는지를 보여 준다.

3. 일상의 통증과 실존의 감각

「삶의 단면」은 짧은 시이지만, 이 시집 전체를 해명하는 데 매우 중요한 역할을 한다. 위경련, 약국, 뒤척이는 밤, 혼자 구름을 새기는 날 같은 일상적 장면들은 언뜻 시적 장치가 적어 보인다. 그러나 바로 그 소박함 속에 고경희 시의 깊이가 있다. 그는 거대한 관념이나 화려한 은유를 동원하지 않는다. 대신 몸의 통증, 약을 사는 시간, 잠들지 못하는 밤 같은 구체적 현실을 통해 인간 존재의 절실함을 불러낸다.

밤중에만 찾아드는 / 위경련의 아픔은 / 사람임을 실감하며 / 사는 삶이다. / 약국에 들러 / 약을 사는 시간은 / 아픔을 실감하며 / 사는 삶이다. // 갠 날 하늘 보며 / 구름 새기는 날은 / 혼자임을 실감하며 / 사는 삶이다. // 잠들기가 아까워 / 뒤척이다 서성이는 밤은 / 사람의 절실함을 실감하며 / 사는 삶이다. | 삶의 단면 – 시 전문

이 시에서 반복되는 '사는 삶이다'라는 종결은 매우 평범해 보이지만, 오히려 그 평범함 때문에 깊게 파고든다. 삶이란 특별한 사건들의 연속이 아니라, 아픈 몸을 추스르고, 약국에 들르고, 혼자인 줄 알면서도 하늘을 보고, 잠들지 못하는 밤을 견디는 과정이라는 것이다. 현대의 많은 시들이 특별한 상징과 기교를 통해 자기만의 세계를 구축하려 할 때, 고경희는 오히려 가장 사소한 삶의 단면을 통해 더 본질적인 인간의 실존에 도달한다. 이것이 그의 시가 지닌 강점이다.

'사람임을 실감하며 / 사는 삶이다'라는 반복은 단순한 진술 같지만, 사실은 인간 존재에 대한 단단한 통찰이다. 사람이라는 것은 생각하는

존재이기 이전에 아프고, 버티고, 잠들지 못하고, 혼자인 줄 알면서도 살아내는 존재라는 것이다. 여기에는 인간을 향한 과장 없는 이해가 있다. 인간은 영웅이 아니며, 늘 숭고한 결단을 내리는 존재도 아니다. 위경련 앞에서 약을 찾고, 혼자 있는 날 구름을 바라보고, 잠들기 아까운 밤 서성이며 자기 절실함을 확인하는 존재다. 고경희는 바로 이 평범한 인간의 실상을 시로 끌어 올린다.

이 시는 시인의 세계가 결코 공중에 떠 있지 않음을 보여 준다. 고경희의 시는 육체를 통과한 시다. 몸의 피로, 나이 듦의 징후, 잠 못 드는 밤의 무게를 통과했기에 그 서정은 허약하지 않다. 오히려 그런 구체성이 그의 시를 더욱 신뢰하게 만든다. 우리는 이 시를 읽으며 고통이 거창한 비극 속에만 있는 것이 아니라, 일상의 아주 작은 틈마다 스며 있다는 사실을 새삼 깨닫게 된다. 그리고 바로 그 작은 고통을 통해서 인간은 자기 존재를 자각한다. 이때 시는 아픔을 확대하는 장르가 아니라, 아픔을 견디는 감각을 언어화하는 장르가 된다.

4. 풍경의 정적 속에 가라앉은 내면

「시골 풍경」은 표면적으로 매우 평온한 시다.

내일은 칠월칠석이라 하는데 / 푸릇한 느티나무 / 그림자도 곧게 / 낮은 전깃줄에 걸쳐지고 / 길가 옥수수 / 하얀 수염 / 따가운 햇살 아래 / 절로 익어가고 / 풋고추 따던 손길 / 투박스럽고 / 늙은 호박 아까와 매달린 채 / 소한테나 주어 버리지. //

암소의 눈망울은 / 선한 심성 담고 / 깊은 어둠 속 / 푸근함 // 고요한 농가에는 / 사람 그림자 없고 / 이따금 집 지키는 개만 / 한두 번 짖는다. | 시골 풍경 − 시 전문

느티나무, 전깃줄, 옥수수, 풋고추, 늙은 호박, 암소의 눈망울, 농가와 개 짖는 소리까지, 모든 것은 한국 농촌의 익숙한 장면처럼 보인다. 그러나 이 시를 단순한 전원시로 읽으면 놓치는 것이 많다. 여기서 중요한 것은 무엇이 있는가보다, 무엇이 비어 있는가이다.

'고요한 농가에는 / 사람 그림자 없고'라는 구절은 이 시의 중심이다. 풍경은 충실한데 사람은 비어 있다. 사물은 제 자리에 있는데 정작 인간의 온기만 자리를 비운 상태다.

이 장면은 단순히 목가적인 것이 아니라, 인간 없는 세계의 쓸쓸한 자족성을 보여 준다.

이 빈자리야말로 고경희 시의 핵심 정서다. 그는 비어 있음을 직접 호소하지 않는다. 대신 사물들이 자기 자리에서 묵묵히 존재하는 장면을 그려 보임으로써 부재를 더욱 선명하게 만든다. 암소의 눈망울에 담긴 '선한 심성', 깊은 어둠 속의 '푸근함'은 인간이 잃어버린 것을 자연과 생명체가 대신 품고 있는 듯한 인상을 준다.

이 시의 고요는 평화이면서 동시에 쓸쓸함이다. 고경희의 풍경시는 언제나 이중적이다. 겉으로는 정적이지만, 그 아래에는 깊은 내면의 파문이 숨어 있다.

5. 허물어진 자리에서 다시 쌓는 존재의 집

「벚꽃 성」은 1부의 여러 시 가운데 특히 상징성이 높은 작품이다.

빛바랜 푯말 하나 / 여기는 '벚꽃 성" / 허물어진 돌을 주워 / 하나하나 고이 쌓아 / 지붕 하나 올려놓고 / 여기는 '벚꽃 성' / 날리는 벚꽃잎은 / 소리 없고 무게도 없어 / 희끗희끗한 머리 위에 / 회관 되어 머물며 / 키 작은 신부 / 어깨를 감싸면 / 축복의 언어 / 웃음의 얼굴 / 소생하는 시간은 / 요만큼의 하늘을 만들고 / 몇 발짝의 땅을 만들고 / 언제나 모자라 / 헤아리고 헤아리던 / 꽃 이파리도 / 흙 위에 **몸**을 **뉘어** / 하늘빛에 물든다. | 벚꽃 성 – 시 전문

'허물어진 돌을 주워 / 하나하나 고이 쌓아' 만드는 '벚꽃 성'은 현실의 집이 아니라 마음의 집이다. 이미 무너진 자리, 혹은 무너짐을 경험한 이후에야 비로소 세울 수 있는 존재의 안식처다. 벚꽃잎은 소리도 무게도 없지만, 그 가벼움 속에서 외려 깊은 축복의 정조가 발생한다.

이 시에서 먼저 주목해야 할 것은 '빛바랜 푯말'이다. 이미 빛이 바랬다는 말은 시간이 흘렀음을, 과거의 영광이나 설렘이 퇴색했음을 뜻한다. 그러나 바로 그 낡음 속에서 다시 '벚꽃 성'이라는 이름을 붙인다. 이름을 붙이는 일은 세계를 다시 불러 세우는 일이다. 삶이 허물어졌더라도, 이름을 다시 부르는 순간 인간은 다시 살아갈 가능성을 얻는다.

이 시는 그 작은 가능성의 윤리를 아름답게 보여 준다.

'요만큼의 하늘을 만들고 / 몇 발짝의 땅을 만들고'라는 구절은 이 시

의 철학적 핵심이라 해도 좋다. 인간이 끝내 가질 수 있는 삶의 공간은 그리 크지 않다. 누구나 세월 속에서 자기 몫의 하늘과 땅을 간신히 마련하며 산다. 그 간신함 속에도 분명한 존엄이 있다. 삶은 언제나 모자라고, 모자라기에 헤아리고 헤아리며 살아야 한다는 사실을 이 시는 조용히 일깨운다.

마지막에 '꽃 이파리도 / 흙 위에 몸을 뉘어 / 하늘빛에 물든다'는 구절은 낙화의 이미지이면서 동시에 수용의 이미지다. 떨어짐은 끝이 아니라 다시 하늘빛에 물드는 다른 형태의 존재 방식이 된다.

이처럼 「벚꽃 성」은 무너짐 이후의 삶, 작지만 진실한 복원, 가벼운 축복의 언어를 통해 1부 전체를 관통하는 정서를 집약한다. 고경희에게 삶은 거대한 성취가 아니라, 허물어진 자리에서 다시 돌을 주워 쌓는 일이다. 바로 그런 일의 반복 속에서 인간은 조금씩 자기의 집을, 자기의 마음을, 자기의 평형을 만들어 간다.

이상 다섯 편의 시를 통해 드러나듯, 1부는 단순한 자연 묘사의 장이 아니다. 이 부에서 풍경은 늘 상처를 품고 있으며, 상처는 다시 풍경의 언어를 빌려 자신을 드러낸다. 「닮은 사람」에서는 배꽃 아래에서 복수의 자아가 마주 앉고, 「울타리」에서는 겨울의 가시가 내면의 금지선으로 변하며, 「삶의 단면」에서는 몸의 통증이 실존의 자각으로 이어지고, 「시골 풍경」에서는 충실한 사물들 사이로 인간의 부재가 선명해지며, 「벚꽃 성」에서는 허물어진 자리에서 다시 쌓는 존재의 집이 모습을 드러낸다.

이 다섯 편은 각기 다른 장면을 펼쳐 보이지만, 그 밑바닥에는 공통된 정서의 흐름이 놓여 있다. 그것은 상실을 외면하지 않는 태도이며, 상처를 과장하지 않으면서도 그것을 정직하게 통과하려는 존재의 자세다.

고경희의 1부 시편에서 자연은 결코 객관적인 배경으로 머물지 않는다. 그것은 시인의 마음이 잠시 머물다 간 자리이며, 말로 다 꺼내지 못한 감정들이 대신 스며드는 정서의 표면이다. 배꽃 한 잎은 떠난 사람의 기억을 긴드리고, 가시울타리는 인간 내부에 생긴 금지선과 상처를 환기하며, 농가의 적막은 사라진 사람의 자리를 더 크게 부각한다. 즉 풍경은 풍경 그 자체로 완결되지 않는다. 그것은 언제나 사람의 마음과 서로를 비추는 거울 관계 속에서 의미를 얻는다.

1부를 통해 우리는 고경희 시의 근본적인 방향을 분명히 확인하게 된다. 그것은 세계를 향해 크게 외치는 서정이 아니라, 작은 풍경 하나에 자기 존재의 진실을 포개어 두는 서정이다. 자연을 노래하는 듯 보이지만 실은 인간의 내면을 말하고, 사물을 묘사하는 듯 보이지만 실은 상실과 기억과 고독의 결을 더듬는다. 그리고 바로 그 정직하고 절제된 방식 때문에 그의 시는 독자의 마음속에서 더 오래 울린다. 1부는 외부 풍경을 통하여 내면의 결을 드러내는 장이며, 동시에 상실과 고독을 지나 평정의 문턱으로 나아가는 첫걸음이라 할 수 있다.

그런 의미에서 1부는 단지 서정의 시작이 아니라, 존재를 다시 세우기

위해 먼저 자기 마음의 흔들림을 정확히 바라보는 과정이다. 상처를 부정하지 않고, 부재를 외면하지 않으며, 그럼에도 여전히 한 장의 풍경 앞에 오래 서 있을 수 있는 힘. 바로 거기서 고경희 시의 진정한 아름다움이 시작된다.

2부

그리움의 심연과 평정의 윤리

1. 그리움의 호출과 환영의 현존

2부는 제목부터 이미 정서의 방향을 분명히 한다. '그리운 이여'라는 호명은 단순한 연애 감정의 발화가 아니다. 그것은 부재한 존재를 지금 여기로 불러내려는 절실한 음성이며, 동시에 스스로 기억의 자리로 인도하는 존재론적 행위다. 이 호명은 단순한 부름이 아니라, 시적 화자가 자기 내면의 가장 깊은 층위로 걸어 들어가는 행위이며, 떠난 존재와의 관계를 다시 현재화하려는 의식의 시작이다.

고경희의 시에서 이름을 부른다는 것은 단순한 재현이 아니라 존재를 다시 살아 있게 하는 행위다.

오늘 밤에는 / 갓 다린 옷 입고 / 가자꾸나. / 숲으로 / 반짝이는 풀섶에 / 들길 좇아 달려가니 / 스치는 소리 / 넉 필 등걸 나무 / 가진 두 팔 모자라 / 한숨 소리 / 나무 주위를 맴돌아 / 비척이는 걸음으로 가니 / 어느새 / 그리 고운 자세로 / 그리

처연한 뒷모습으로 앉아 있구나 / 달빛으로 옷을 입고 / 긴 머리칼 슬적이며 / 웃는구나 돌아보며 / 너의 앉음새에 / 너의 숲에 감도는구나. / 하늘의 메아리 | 그리운 이여! - 시 전문

시의 첫머리에서'오늘 밤에는 / 갓 다린 옷 입고 / 가자꾸나'라는 구절은 매우 일상적인 언어처럼 보이지만, 그 안에는 강한 제의적 긴장이 흐른다. 갓 다린 옷을 입는 행위는 단순한 차림이 아니라 몸과 마음을 정돈하는 의식이다. 이는 떠난 이를 만나기 위한 준비이면서 동시에 자기 자신을 정결히 하려는 내면의 태도다. 시적 화자는 그리움 속으로 무심히 걸어 들어가지 않는다. 그는 준비하고, 다리고, 몸을 가다듬으며 기억의 숲으로 들어간다. 이런 태도는 그리움이 단순한 감정이 아니라 수행의 성격을 지닌 삶의 방식임을 보여 준다.

이어지는 장면에서 숲은 매우 중요한 공간으로 등장한다. '반짝이는 풀섶에 / 들길 좇아 달려가니'라는 구절은 외부 공간의 이동이면서 동시에 내면으로의 진입이다. 숲은 현실과 환영이 교차하는 경계의 장소이며, 동시에 인간이 가장 깊은 기억과 마주하는 공간이다. 나무를 감싸려 하지만 '두 팔 모자라 / 한숨 소리'로 이어지는 장면은 이 그리움이 얼마나 크고 무거운지를 드러낸다. 두 팔로 다 감쌀 수 없는 나무는 결국 감당할 수 없는 상실의 크기를 상징한다.

'달빛으로 옷을 입고' 앉아 있는 존재의 형상은 이 시의 가장 중요한 상징이다. 달빛은 사물의 윤곽을 흐리게 만들면서도 존재의 감각을 더욱

또렷하게 만든다. 따라서 달빛 속 인물은 현실보다 더 선명하게 느껴진다. 그는 실제일 수도 있고 환영일 수도 있지만, 고경희의 시에서는 그 구분이 무의미하다. 중요한 것은 그리움이 부재를 감각 가능한 현존으로 전환시킨다는 점이다. 이때 환영은 허상이 아니라 정서적 실재가 된다.

이처럼 「그리운 이여!」는 부재한 존재를 환영으로 호출하면서 동시에 그 환영을 가장 강한 현존으로 만드는 과정을 보여 준다. 고경희의 시에서 그리움은 회상이 아니라 현재이며, 감정이 아니라 존재의 상태다. 그는 떠난 이를 붙잡으려 하지 않으면서도 끝내 놓지 않는다. 이 절묘한 긴장 속에서 그의 시는 울음을 넘어 평정으로 향한다.

이 작품은 2부 전체의 정서를 여는 서곡이라 할 수 있다. 그리움은 여기서부터 시작해 점차 수용으로 나아가고, 환영은 결국 평정의 윤리로 이어진다. 고경희는 그리움을 극복하지 않는다. 대신 그것과 함께 살아가는 방식을 배운다. 그리고 바로 그 태도 속에서 그의 시는 슬픔을 넘어 존재를 견디는 깊은 지혜의 언어로 나아간다.

2. 오는 이와 가는 이의 리듬

「너의 발자국은」은 2부 가운데서도 가장 절제된 시적 인식이 드러나는 작품이다. 이 시는 격정적 고백이나 서정적 과잉을 거의 허락하지 않는다. 대신 매우 낮은 목소리로, 관계와 존재의 무상함을 담담히 말한다. 한밤중 창문을 밀고 들어오는 '너'는 특정 인물이면서 동시에 기억, 계절,

운명, 혹은 스쳐 지나가는 모든 관계의 총체를 상징한다. 고경희는 이 존재를 한 인물로 고정하지 않는다. 그 불확정성 속에서 관계의 본질을 드러낸다. '너'는 한 사람일 수 있으나, 동시에 수많은 떠나간 존재들의 집합적 형상이기도 하다.

문득 / 잠깐 한밤 / 창문을 밀고 들어오는 / 너는 / 스쳐 지나가는 연인인 양 / 건듯거리다 / 발을 옮긴다. / 애써 가라 하지 않아도 / 애써 오라 하지 않아도 / 올 이는 오고 / 갈 이는 가고 / 허허로운 가슴은 채워주고 / 넘치는 것은 풀려버리고 / 너와의 사이는 / 여전한 길이의 거리만 보이는데 / 어느새 가는구나 / 외발자국 하나 남기며 / 너는 행여 / 제비꽃 길목 돌아 / 다시 오려는가 / 너는 | 너의 발자국은
— 시 전문

시의 도입부 '문득 / 잠깐 한밤 / 창문을 밀고 들어오는 / 너는'이라는 구절은 이 만남의 성격을 명확히 한다. 그것은 준비된 만남이 아니라 예기치 않은 방문이며, 오래 머무르지 않는 순간적 현현이다. '문득'과 '잠깐'이라는 시간의 어휘는 관계의 덧없음을 암시하고, '창문을 밀고 들어오는'이라는 동작은 현실과 환영의 경계를 넘는 장면을 형성한다.

이 장면에서 시적 화자는 놀라거나 저항하지 않는다. 오히려 이미 익숙한 듯 조용히 받아들인다. 이는 그가 이러한 떠남과 만남의 반복을 오래 경험해 온 존재임을 보여 준다.

'스쳐 지나가는 연인인 양 / 건듯거리다 / 발을 옮긴다'라는 대목에서 '너'의 존재 방식은 더욱 분명해진다. 여기서 '연인'이라는 말은 친밀함

을 암시하면서도, 동시에 오래 머물지 못하는 관계의 속성을 드러낸다. 건듯거리는 동작은 확고하지 않은 관계의 상태를 나타내며, 이미 떠남을 전제한 만남의 성격을 강조한다. 고경희의 시에서 만남은 언제나 이처럼 불완전하며, 동시에 그 불완전함 때문에 더 애틋하다.

시의 중반부에서 '허허로운 가슴은 채워주고 / 넘치는 것은 풀려버리고'라는 구절은 관계가 남기는 흔적을 정확히 드러낸다. 떠나는 존재는 아무것도 남기지 않는 것이 아니라, 잠시 채우고 다시 비운다. 이 채움과 비움의 반복이 바로 삶의 실제다. 시적 화자는 그 과정을 비극으로 과장하지 않는다. 다만 그것이 자연스러운 순환임을 인정한다.

마지막의 '너는 행여 / 제비꽃 길목 돌아 / 다시 오려는가 / 너는'이라는 물음은, 이 시의 정서를 완성한다. 이 질문은 기대이면서도 기대가 아니다. 그것은 희망과 단념이 공존하는 지점이다. 시적 화자는 완전히 놓아버리지 않지만, 그렇다고 붙잡지도 않는다. 이 절묘한 거리감이 고경희 시의 품격을 만든다.

「너의 발자국은」은 만남과 떠남의 리듬을 통해 인간관계의 본질을 조용히 드러낸다. 그것은 격정적 애도도, 완전한 초월도 아니다. 오히려 떠나는 존재를 끝내 외면하지 않으면서도 그 흐름을 거스르지 않는 태도다. 고경희의 시에서 수용은 감정의 소멸이 아니라 감정의 깊이를 통과한 이후의 상태다.

이 시는 바로 그 상태를 가장 절제된 언어로 증언한다.

3. 계절이 감정을 데려가는 방식

「가을」은 매우 짧은 시이지만, 계절의 흐름과 감정의 이동을 가장 섬세하게 겹쳐 놓은 작품이다. 이 시에는 사건이 없다. 찻잔을 마주하는 소소한 일상, 이유 없이 아려 오는 어깨, 창문 너머로 스며드는 풀 내음, 어둑한 하늘과 귀뚜라미 소리, 서리 앉은 무릎 위에 놓인 갈잎 하나. 이처럼 아무 일도 일어나지 않는 순간들이 이어질 뿐이다. 그러나 바로 그 무사건성이야말로 상실 이후의 삶을 가장 정확하게 드러낸다. 삶은 큰 사건보다 이런 작은 감각 속에서 더 분명히 모습을 드러내기 때문이다. 고경희의 시는 바로 이 '아무 일도 없는 시간'을 통해 감정의 깊이를 드러낸다.

찻잔 마주하다 / 어깨가 아려와 / 창문 열면 넘어오는 / 상긋한 풀 내음 / 군청빛 어두운 하늘 / 겨우 얼굴을 비추는데 / 곁 따라 귀뚜라미 / 목청 돋우다가 자지러지면 / 잔가지 휘말다 / 설렁이며 돌아가는 배암이런가 / 서리 앉은 무릎 위에 / 갈이파리 놓고 놓아두고 가을이 간다. ｜가을 – 시 전문

시의 첫 행 찻잔 마주하다 / 어깨가 아려와는 이 시의 정조를 단번에 규정한다. 찻잔을 마주한다는 행위는 일상의 평온한 장면이지만, 그 순간 어깨가 아려 온다는 감각은 설명되지 않는 감정의 침투를 보여 준다. 이 통증은 육체적이면서 동시에 정서적이다. 그것은 오래 축적된 피로이자 오래된 기억이 몸을 통해 되살아나는 순간이다. 고경희는 감정을 직접 말하지 않는다. 대신 몸의 감각을 통해 감정의 실재를 드러낸다. 이러

한 방식은 그의 시가 지닌 큰 특징 중 하나다.

이어지는 창문 열면 넘어오는 / 상긋한 풀 내음이라는 구절에서 감정은 외부 세계와 연결된다. 풀 내음은 계절의 냄새이면서 동시에 기억의 냄새다. 냄새는 가장 오래 남는 감각이며, 가장 직접적으로 과거를 불러오는 감각이다. 따라서 이 장면에서 감정은 의식적으로 불러낸 것이 아니라 저절로 스며든다. 고경희의 시에서 감정은 언제나 이처럼 외부 풍경과 결합해 나타난다.

후반부의 '서리 앉은 무릎 위에 / 갈이파리 놓고 놓아두고 가을이 간다'는 이 시의 정서를 완성하는 장면이다. 서리는 차가움과 시간의 흐름을 상징하며, 무릎은 몸의 가장 낮은 자리로서 감정이 가라앉는 지점을 암시한다. 그 위에 놓인 갈잎은 이미 생명을 다한 존재다. 그러나 시적 화자는 그것을 치우지 않는다. 다만 놓아두고 바라본다.

특히 '놓고 놓아두고 가을이 간다'라는 마지막 구절은 고경희 서정의 핵심을 압축한다. 놓는다는 행위는 단번에 이루어지지 않는다. 반복되고 지연되며, 결국 완전히 끝나지 않는다. 이 반복의 시간 속에서 감정은 서서히 식어 간다. 그러나 완전히 사라지지 않는다. 그것은 여전히 남아 있으면서도 더 이상 격렬하지 않은 상태로 존재한다.

이처럼 「가을」은 고경희 시가 지닌 절제와 깊이를 가장 잘 보여 주는 작품이다. 그는 울지 않으며, 호소하지 않으며, 과장하지 않는다. 대신 작은 감각과 느린 시간 속에서 감정을 가라앉힌다. 그 결과 그의 시는 슬픔을 말하지 않으면서도 슬픔을 오래 남긴다. 그리고 바로 그 조용한 지속 속에서 그의 서정은 비로소 평정의 윤리에 도달한다.

4. 불안 속에서 열리는 시작의 시간

「새벽」은 표면적으로 보면 희망과 시작을 상징하는 시처럼 보인다. 그러나 이 시에서의 새벽은 찬란한 출발의 시간이 아니다. 오히려 떨림과 서툶, 망설임과 안타까움이 겹쳐진 시간이다. 고경희는 새벽을 환한 빛의 순간으로 제시하지 않는다. 그는 아직 완성되지 못한 존재가 겨우 몸을 일으켜 세우는 시간으로서의 새벽을 보여 준다. 이 때문에 이 시의 정서는 밝음보다 연약함에 가깝고, 확신보다 주저함에 더 가까이 놓여 있다.

이름도 없는 새는 / 목청이 떨린다. / 서툰 날갯짓 / 어설픈 울음 / 꿈으로 여며진 / 밤을 깨운다. / 낮게 드리운 안개 / 층층이 유영하며 / 첫 이슬 젖은 잎새 / 고웁게 접어 쓰고 / 늘이운 가지 사이 / 여린 빗살에 씻긴 가슴으로 / 안개 밖에 나아가면 / 안타깝게 열리는 새벽. |새벽 – 시 전문

시의 첫머리 '이름도 없는 새는 / 목청이 떨린다'는 구절은 이 작품의 핵심을 이미 드러낸다. 이름이 없다는 것은 정체가 확립되지 않았음을 의미하며, 동시에 세계 속에 아직 자리를 얻지 못한 상태를 뜻한다. 떨리는 목청은 두려움이자 시작의 긴장이다. 이는 강한 울음이 아니라 겨우 내어지는 소리이며, 존재가 처음으로 자신을 세상에 드러내는 순간의 미

세한 떨림이다. 고경희는 바로 이 미완의 상태에서 출발하는 존재의 모습을 포착한다.

이어지는 '서툰 날갯짓 / 어설픈 울음'은 이 새가 아직 날아오르지 못한 상태임을 보여 준다. 날갯짓은 방향을 찾지 못하고, 울음은 확고한 음색을 갖지 못한다. 그러나 중요한 것은 그것이 실패가 아니라 과정이라는 점이다.

고경희의 시에서 시작은 언제나 이처럼 미숙한 형태로 나타난다. 완성된 시작은 존재하지 않으며, 언제나 서툶 속에서 겨우 시작된다.

이어지는 '늘이운 가지 사이 / 여린 빗살에 씻긴 가슴으로'라는 구절은 새벽의 빛이 얼마나 미약한지를 보여 준다.

마지막의 '안개밖에 나아가면 / 안타깝게 열리는 새벽'이라는 구절은 이 시의 정서를 완성한다. 여기서 '안타깝게'라는 말은 결정적이다. 새벽은 저절로 열리지 않는다.

그것은 불안과 서툶, 망설임을 통과한 뒤에야 겨우 열린다. 그리고 그 열림은 환희가 아니라 애틋함에 가깝다.

「새벽」은 시작의 서사를 가장 조용하고 정직하게 보여 주는 작품이다. 고경희의 시에서 회복은 당당한 재기의 이야기가 아니다. 그것은 위태롭고 불완전하지만, 앞으로 나아가려는 존재의 미세한 결단이다. 이 시는 그 결단의 순간을 가장 섬세한 언어로 포착하며, 불안 속에서 열리는 시작의 시간이라는 존재의 본질을 깊이 드러낸다.

5. 보내지 않은 편지와 그리움의 윤리

「비 오는 날의 편지」는 2부뿐 아니라 이 시집 전체를 대표하는 작품이라 할 수 있다. 이 시에서 가장 핵심적인 장면은 편지를 써 놓고도 보내지 않은 채 강가로 향하는 화자의 행위다. 편지는 본래 전달을 전제로 하는 매체다. 그러나 보내지 못한 편지는 전달을 포기한 순간부터 더 깊은 내면의 문서가 된다. 고경희는 이 역설적 상황을 통해 그리움의 본질을 드러낸다. 여기서 중요한 것은 편지의 내용이 아니라, 보내지 않은 채 남겨 둔 상태 자체다. 그 상태 속에서 말은 외부를 향하지 않고 내면을 향해 되돌아가며, 그리움은 더 깊어진다.

편지 한 장 / 책상 위에 놓아두고 / 한가하게 문을 나선다. / 벌써 사흘째 비는 내리는데 / 손안에 움켜잡은 / 엊저녁 꿈을 지워버리고 / 작은 몸 추스르며 / 하늘 가까운 강가로 간다. / 그러면 / 너는 / 일곱 빛 기억을 건져 올리고 / 수면에 흔들리는 조각난 얼굴 / 유리가 되어 가라앉는다. / 지금 / 내 집의 지붕은 새어 / 빗물에 자라버린 편지의 글자는 / 형광등 아래에서 / 빛바래 가고 / 나는 / 강변에 앉아 / 보내지 않은 편지의 / 답장을 기다린다. | 비 오는 날의 편지 - 시 전문

시의 도입부 '편지 한 장 / 책상 위에 놓아두고 / 한가하게 문을 나선다'는 장면은 매우 담담하다. '한가하게'라는 표현은 의외의 울림을 준다. 그것은 무심함이 아니라, 이미 결심을 마친 사람의 태도다. 화자는 급하지 않다. 이미 전달되지 않을 것을 알기 때문이다. 그래서 떠남은 체념이 아니라 조용한 수용의 몸짓으로 나타난다.

‘벌써 사흘째 비는 내리는데’라는 구절에서 시간은 정지된 듯 흐른다. 사흘 동안 이어지는 비는 외부 풍경이면서 동시에 화자의 내면 상태를 반영한다. 비는 씻어 내리지만 동시에 지워 버린다. 이중적 속성 속에서 기억은 흐려지고, 감정은 스며든다. 이어지는 ‘손안에 움켜잡은 / 엊저녁 꿈을 지워버리고’라는 구절은 그리움이 의식적 결단 속에서 이루어짐을 보여 준다. 꿈을 지운다는 행위는 단순한 망각이 아니라, 기억을 정리하려는 시도의 표현이다. 그러나 완전히 지워지지 않는다는 점에서 그것은 더욱 슬프다.

‘하늘 가까운 강가로 간다’는 장면에서 공간은 상징적 깊이를 얻는다. 강은 흐름과 소멸의 공간이며, 동시에 기억이 잠겨 있는 장소다. 하늘 가까운 강가라는 표현은 위와 아래, 현실과 초월이 교차하는 경계를 형성한다. 화자는 그 경계 위에 서서 떠난 존재를 다시 불러낸다.

마지막의 ‘강변에 앉아 / 보내지 않은 편지의 / 답장을 기다린다’는 구절은 고경희 시학의 본질을 드러낸다. 답장을 받을 수 없는 편지의 답장을 기다린다는 것은 논리적으로 불가능하다. 그러나 그리움의 세계에서는 이것이 가장 정확한 진실이다. 이미 떠난 존재에게 말을 걸고, 닿지 않을 편지를 쓰고, 오지 않을 답장을 기다리는 일. 고경희는 이 불가능한 기다림을 가장 절제된 언어로 형상화한다.

이 기다림은 무기력이 아니다. 그것은 하나의 윤리다. 사랑과 상실을 훼손하지 않으려는 태도이며, 떠난 존재를 서둘러 잊지 않으려는 결단이다. 고경희의 시에서 그리움은 감정이 아니라 삶의 방식이며, 존재를 견디게 하는 힘이다.

2부의 다섯 작품은 각기 다른 장면 속에서 동일한 정서를 향해 나아간다. 그것은 부재를 끝내 버리지 않으면서도 그 부재와 함께 살아가는 태도이며, 감정을 억누르지 않으면서도 감정에 잠식되지 않는 평정의 윤리다. 고경희는 슬픔을 극복하려 하지 않는다. 대신 그것을 삶의 일부로 받아들이며, 그 속에서 존재를 지탱하는 가장 깊은 균형을 찾아간다. 바로 그 점에서 그의 시는 애도의 언어를 넘어, 살아 있음의 윤리로 나아간다.

이처럼 2부의 다섯 작품은 각기 다른 장면과 이미지 속에서 결국 하나의 정서적 방향으로 수렴한다. 그것은 부재를 끝내 지워 버리지 않으면서도 그 부재와 함께 살아가는 태도이며, 감정을 억누르지 않으면서도 감정에 잠식되지 않는 평정의 윤리다. 그리움은 격정의 언어가 아니라 지속의 언어이며, 순간의 울음이 아니라 오래 견디는 숨결이다.

고경희의 시에서 평정은 감정의 소멸이 아니라 감정의 심연을 통과한 이후에야 도달하는 상태다. 그는 울음을 멈추려 하지 않으며, 슬픔을 서둘러 해소하려 하지도 않는다. 대신 그 감정을 조용히 안고 살아가는 법을 배운다. 이때 그리움은 감상이 아니라 삶의 방식이 되며, 존재를 견디게 하는 가장 깊은 힘으로 남는다. 결국 2부는 상실 이후의 삶이 어떻게 가능해지는지를 보여 주는 서정적 윤리의 기록이라 할 수 있다.

고경희는 감정을 소비하지 않는다. 그는 슬픔을 과장하지 않으며, 상실을 극적으로 재현하지 않는다. 대신 그것을 오래 바라보고 천천히 받아들인다. 이 과정에서 상처는 점차 그리움으로, 그리움은 다시 평정으로 옮겨 간다.

이 시집을 관통하는 시적 원리는 하나의 흐름으로 정리된다. 풍경은 상처를 드러내고, 상처는 그리움으로 전환되며, 그리움은 끝내 평정으로 이행한다. 이 흐름 속에서 고경희의 시는 단순한 서정의 기록을 넘어 존재의 윤리를 보여 준다. 그의 시가 오래 남는 이유도 바로 여기에 있다. 그것은 감정을 설명하지 않으면서도 감정을 가장 깊이 이해하게 만드는, 조용하지만, 단단한 시적 세계이기 때문이다.

이러한 점에서 『동백이 열리는 창가에서』는 단순한 후기 시집이 아니라, 한 인간이 세월의 바람고개를 넘으며 도달한 정신의 높이를 보여 주는 귀한 성취라 할 수 있다. 이 시집은 과거의 회고에 머물지 않는다. 오히려 오늘의 독자에게 더 절실한 의미를 건넨다. 상실과 고독이 일상화된 시대일수록, 이렇게 조용히 견디며 끝내 자기 안의 빛을 잃지 않는 시가 더욱 필요하기 때문이다.

고경희의 시는 말한다. 삶은 극복이 아니라 통과라고. 그리고 통과의 끝에서 인간은 이전보다 더 아프면서도 더 깊어진다고. 바로 그 점에서 이 시집은 한국 현대시가 여전히 인간의 내면을 가장 정직하게 증언할 장르임을 보여 주는 아름다운 증거이며, 동시에 숙성된 서정이 오늘에도 여전히 살아 움직이고 있음을 증명하는 단단한 기록이라 할 수 있다.

아늑한 날은

얕은 구름바다 보이는

당신의 마을은

마루에 나와 앉은

노인의 땀 얼굴

나를 불러 쉬게 하는

당신의 마을은

바로 거기인데.

어제의 기억

삶에의 기도

고맙게 받은

당신의 선물

K.I